バフーンバルーン

Zito Camillo

Zito Camillo

バフーン
バルーン

文献の修正と翻訳
Wendas Lima, Margot L. Mendes & Ander Navarro

むかしむかし、あるところに風船がありました。
みんながバフーンバルーン、（おどけた風船）と呼ぶ風船です。
"バフーンバルーン！バフーンバルーン！あいつはどこに飛んでいくのかわからないぞ？"

バフーンバルーンは悲しいきもちになりました。バルーンはふざけているのではなくて、ただ自分の思いついたことをなんでもやっているだけなのです。

バフーンバルーンはおどりました。
おどりはいいものです。
バフンバルーンは歌いました
歌はいいものだからです

しかし、バフーンバルーンには友達が
いません。彼は一人で、大きな孤独の
中で生きていました。雲、風、山・・・

花も木も動物も、バフー
ンバルーンが大好きです。

ある日、バフーンバルーンはとても悲しくなり、空の精霊に、風を送って自分を浮かべてくれるように頼みました。人なつっこい子どもたちがいない生活は、彼を不幸にしました。

しかし、精霊は孤独なバフーンバルーンを心配し、別の解決策を探しました。

そこで、精霊はパーティーを作りました。「パーティーか、すごいな … これは本当にいい！」「とても楽しい！」

と子どもたちは大よろこびです。バルーンはお調子者ではなく、いつもパーティにやってきて、パーティを楽しくしてくれました。

わたしたちの友だちの「バルーン」が
やってきましたよ。バルーン！」「彼は
私たちの友達」…なんて素晴らしい友
達なんでしょう！「バルーン…バルー
ン…とてもいいわ…とてもいいわ」

子どもたちと一緒にパーティーを楽しみ、バルーンは手をつなぎました！
彼は色も変えてくれました。
ブルー、ホワイト、グリーン、ピンク、イエロー、ブラック …。そして、私たちの大切な友だち。
バルーンは歌い、ほほえみました。
みんな幸せでした。
あなたも幸せでしょう？

著者について

ジート〆カミロは、ブラジルのパラナ州パラナ
グアで生まれました。サンパウロ〆バレエ　で
踊り、バッカロールの　位を取得。サンパウロ
で長い芸術的キャリアを積んだ後、アメリカマ
サチューセッツ州のローウェルに移り住み、現
在も新しい文化を吸　しながら暮らしていま
す。彼の最初の魅力的な物語DRAGON, DO YOU
BELIEVE IT? は、ヨーロッパ、アフリカ、北南
米で出版されています。今回も、いじめに打ち
勝つ愛の感動的な物語をお届けします。

✉ zitocamillo@gmail.com   ◎ /zitocamillo

最後まで　んでくださってうれしいです。
しんでいただけたでしょうか？

もっともっと　しんでみてはいかがでしょうか？

私のウェブサイトでは、私の本のイラストを印刷して色
を塗ることができる塗り　が　載されています。この物
語の登場人物と一緒に特別に作られたゲームについては、
www.zitocamillo.com にアクセスしてください。

Made in the USA
Middletown, DE
01 March 2023

これはひとりぼっちで悲しい風
船が、彼なりの方法で子ども達
に好かれていく物語です。いじ
めに打ち勝ち、愛を得ていくこ
とも理解することができます。

Sam's Big Cookout!

Kiss the Cook

Sam the Dog

by Mr.ChickenBiscuits